VENTE DU JEUDI 24 AVRIL 1884

BRONZES DE BARYE

(MODÈLES)

Mᵉ PAUL CHEVALLIER, Commissaire-priseur

M. CHARLES MANNHEIM, Expert

HOMO
ADDITVS
NATVRÆ
IMPRIMERIE DEL'ART

CATALOGUE

DES

BRONZES DE BARYE

(MODÈLES)

DONT LA VENTE AURA LIEU A PARIS

Le Jeudi 24 Avril 1884, à 2 heures 1/2

COMMISSAIRE-PRISEUR	EXPERT
10, rue Grange-Batelière, 10	7, rue Saint-Georges, 7

Chez lesquels se trouve le présent catalogue.

EXPOSITION PUBLIQUE : Le Mercredi 23 Avril 1884

DE 1 HEURE A 5 HEURES

CONDITIONS DE LA VENTE

La vente aura lieu expressément au comptant.

Les acquéreurs payeront en sus des enchères *cinq pour cent* applicables aux frais.

L'exposition mettant le public à même de se rendre compte de l'état des objets, aucune réclamation ne sera admise une fois l'adjudication prononcée.

Paris — Imp. de l'Art, J. Rouam, 41, rue de la Victoire.

DÉSIGNATION

FIGURES

1 — Gaston de Foix (équestre).

> H., 37 cent. L., 30 cent. [1]

2 — Deux Cavaliers arabes tuant un lion.

> H., 37 cent. L., 40 cent.

3 — Cavalier arabe tuant un lion.

> H., 39 cent. L., 29 cent.

4 — Cavalier arabe tuant un sanglier.

> H., 25 cent. L., 30 cent.

5 — Indien monté sur un éléphant écrasant un tigre.

> H., 29 cent. L., 35 cent.

1. Le premier chiffre indique la hauteur du bronze, le deuxième la longueur de la plinthe.

6 — Angélique et Roger montés sur l'Hippo-
griffe.

H., 53 cent. L. 67 cent.

7 — Les Grâces supportant un brûle-parfums.

H., 28 cent. L., 9 cent.

8 — Les Grâces sans brûle-parfums.

H., 20 cent. L., 9 cent.

ANIMAUX

9 — Lion au Serpent, n° 1.

H., 60 cent. L., 75 cent.

10 — Lion au Serpent, n° 2.

H., 26 cent. L., 35 cent.

11 — Lion au Serpent, n° 3.

H., 18 cent. L., 21 cent.

12 — Lion assis, n° 1.

H., 21 cent. L., 16 cent.

13 — Lion assis, n° 2.

H., 19 cent. L., 15 cent.

14 — Lion qui marche.

L., 28 cent. L., 36 cent.

15 — Tigre qui marche.

Pendant du précédent.

H., 28 cent. L., 36 cent.

16 — Tigre surprenant une antilope.

H., 35 cent. L., 53 cent.

17 — Le même sans plinthe à filets.

H., 35 cent. L., 52 cent.

18 — Tigre surprenant un cerf.

H., 17 cent. L., 30 cent.

19 — Tigre dévorant un gavial, n° 1.

H., 42 cent. L., 1 m. 5 cent.

20 — Tigre dévorant un gavial, n° 2.

H., 20 cent. L., 51 cent.

21 — Tigre dévorant un gavial, n° 3.

H., 11 cent. L., 27 cent.

22 — Tigre et Biche.

H., 29 cent. L., 38 cent.

23 — Tigre et Gazelle.

Pendant du précédent.

H., 29 cent. L., 38 cent.

24 — Jaguar qui marche, n° 1.

H., 25 cent. L., 37 cent.

25 — Jaguar qui marche, n° 2.

H., 13 cent. L., 20 cent.

26 — Jaguar debout.

H., 13 cent. L., 19 cent.

27 — Jaguar dévorant un agouti.

H., 7 cent. L., 23 cent.

28 — Panthère tenant une gazelle.

H., 6 cent. L., 19 cent.

29 — Lion de la Colonne de Juillet (bas-relief).

H., 20 cent. L., 41 cent.

30 — Sanglier blessé.

H., 16 cent. L., 25 cent.

31 — Autre Sanglier blessé.

Pendant du précédent.

H., 16 cent. L., 25 cent.

32 — Loup qui marche.

H., 24 cent. L., 32 cent.

33 — Taureau terrassé par un ours.

H., 30 cent. L., 39 cent.

34 — Petit Taureau.

H., 10 cent. L., 13 cent.

35 — Levrette rapportant un lièvre.

H., 21 cent. L., 22 cent.

36 — Ratel dénichant des œufs.

H., 11 cent. L., 11 cent.

37 — Chat assis.

H., 9 cent. L., 6 cent.

38 — Singe monté sur une antilope.

H., 23 cent. L., 25 cent.

39 — Un Gnou.

H., 19 cent. L., 22 cent.

40 — Ours terrassé par des chiens de grande
race.

H., 27 cent. L., 36 cent.

41 — Ours fuyant les chiens.

H., 31 cent. L., 29 cent.

42 — Ours monté sur un arbre, mangeant un hibou.

H., 20 cent. L., 24 cent.

43 — Ours debout, n° 1.

H., 25 cent. L., 12 cent.

44 — Ours debout, n° 2.

H., 25 cent. L., 12 cent.

45 — Crocodile dévorant une antilope.

H., 17 cent. L., 42 cent.

46 — Tortue.

H., 9 cent. L., 11 cent.

47 — Éléphant écrasant un tigre.

H., 23 cent. L., 35 cent.

48 — Éléphant de Cochinchine.

H., 14 cent. L., 19 cent.

49 — Éléphant d'Asie.

H., 14 cent. L., 16 cent.

50 — Dromadaire d'Égypte.

H., 19 cent. L., 18 cent.

51 — Réduction du même.

H., 15 cent. L., 14 cent.

52 — Cheval surpris par un lion.

H., 40 cent. L., 29 cent.

53 — Cheval turc, n° 1.

H., 39 cent. L., 33 cent.

54 — Cheval turc, n° 2, sur plinthe carrée.

H., 29 cent. L., 32 cent.

55 — Cheval demi-sang, la tête baissée, n° 1.

H., 20 cent. L., 25 cent.

56 — Cheval demi-sang, la tête baissée, n° 2.

H., 14 cent. L., 17 cent.

57 — Autre Cheval demi-sang.

H., 25 cent. L., 22 cent.

58 — Cerf dix-cors terrassé par deux lévriers
d'Écosse.

H., 50 cent. L., 40 cent.

59 — Cerf de Virginie s'élançant.

> H., 27 cent. L., 23 cent.

60 — Cerf bramant.

> H., 21 cent. L., 18 cent.

61 — Cerf au repos.

> H., 24 cent. L., 19 cent.

62 — Daim attaqué par trois lévriers.

> H., 28 cent. L., 36 cent.

63 — Aigle emportant un serpent.

> H., 13 cent. L., 6 cent.

64 — Faisan blessé.

> H., 7 cent. L., 14 cent.

65 — Faisan doré de la Chine.

> H., 11 cent. L., 13 cent.

66 — Perruche sur un arbre.

> H., 21 cent. L., 11 cent.

67 — Autre Perruche sur un arbre.

> H., 21 cent., L., 11 cent.

68 — Milan emportant un héron.

> H., 31 cent. L., 13 cent.

ORNEMENTS

69 — Coupe pieds de faunes et raisins.

H., 10 cent.

70 — Brûle-parfums orné de chimères.

H., 10 cent.

71 — Candélabre antique à trois lumières, décoré d'arabesques et de chaînes, surmonté d'un oiseau.

H., 55 cent.

72 — Candélabre à douze lumières, composé
de fruits, feuilles et racines de pavots,
serpent à la tige, et surmonté d'un
oiseau.

H., 94 cent.

73 — Candélabre à neuf lumières, décoré de six
figures, mascarons et chimères.

H., 95 cent.

74 — Candélabre à six lumières, avec perruche
et faisan.

75 — Flambeau orné de volubilis, racines et
pieds de faunes.

H., 24 cent.

76 — Le même, avec un serpent à la tige.

H., 24ᵉ cent.

77 — Bout de table, avec faisan endormi.

H., 20 cent.

78 — Encrier.

H., 15 cent. L., 34 cent.

www.ingramcontent.com/pod-product-compliance
Lightning Source LLC
LaVergne TN
LVHW021922180726
843502LV00008B/3207